海马不是马

陈红 著

陕西新华出版传媒集团
太白文艺出版社(西安)

图书在版编目（CIP）数据

海马不是马/陈红著. --西安：太白文艺出版社，
2020.11（2023.1重印）
ISBN 978-7-5513-1895-2

Ⅰ.①海… Ⅱ.①陈… Ⅲ.①诗选-中国-当代
Ⅳ.①1227

中国版本图书馆CIP数据核字（2020）第202666号

海 马 不 是 马

HAIMA BUSHI MA

作　　者：	陈红
责任编辑：	申亚妮　姚亚丽
封面设计：	陈非
版式设计：	娄颖
出版发行：	陕西新华出版传媒集团
	太 白 文 艺 出 版 社
经　　销：	新华书店
印　　刷：	三河市同力彩印有限公司
开　　本：	787mm×1092mm　1/32
字　　数：	110千
印　　张：	9.375
版　　次：	2020年11月第1版
印　　次：	2023年1月第2次印刷
书　　号：	ISBN 978-7-5513-1895-2
定　　价：	56.00元

版权所有　翻印必究
如有印装质量问题，可寄出版社印制部调换
联系电话：029-81206800
出版社地址：西安市曲江新区登高路1388号（邮编：710061）
营销中心电话：029-87277748　029-87217872

序

贾平凹

在一个天气很热的下午,我认识了陈红。

这是一位诗人,念着她的诗的时候,充满了激情和活力,我想起了二十多年前的我,那时也刚刚大学毕业,志向豪华,幻想多彩。

但我现在差不多也老了,想象的翅膀已经难以强劲地扇动,心中不禁生出一丝悲凉。好像是许多年了,我害怕平庸,害怕思维如皮肤一样失去弹性,总是紧张地关注着文坛上的一切新人,敬畏他们,寻他们的长处,包括一些攻击过我的人。年轻毕竟是好的,其中总是有可以激发我的新的东西。

我将这位诗人的诗作要过来再细细读了一遍,然后与她交谈文坛上关于"另类"的问题。她说话大胆直率,甚至口无遮拦,但见解独特而深刻,因为她本人就很前卫,几乎也有着与那些"另类"作家大致相同的生活经历。前卫是这个时代的风气,什么土壤生什么草木,什么草木在什么时候开花与结果,似乎是一种与生俱来的东西,而她与别人的区别在于她不是在哗众取宠、去炒作罢了。

她的诗,胡乱地写在一些大小不一的纸上,依我的看法,也并不是很成熟、很能惊世骇俗,我甚至埋怨她的太随意。这或许是她这样的一代人与我这一代人的不同,或许她压根无意要做诗人,今生今世趴在诗的坛子上嗡嗡着做蛆做苍蝇。但是,她的诗中世界明亮而炫目,朴素而丰富,它展示的是她的或她这一类人的生活、理想、思维和视角。可以看出,她并没有在诗的王国里混得太久,没有俗和油的习气,没有扭捏和粗鲁,其作率真鲜活,又处处表现着精神的高贵和洁净。

我想她的诗的脚步不会停住,还会前行不止,因为这是生命的需要。那么,我祝愿这样一位有诗意的诗人生命之焰更勃发,想象的翅膀更有力,才华进一步发展。

目 录

一、荷尔蒙的河流

风知道　/3

台北的街道　/4

野李子花　/5

自在　/6

相遇　/7

一个女人坐在树下　/8

捡回家　/9

红红的苹果　/10

深的情　/11

我的猫　/12

无声的示爱　/13

闭目念经　/14

折磨　/15

"谎花"多么无力　/17

你一走，我的心就空掉了　/18

怀春的少女　/20

少女心　/22

一心一意的爱　/24

苹果　/25

帕慕克的爱情　/26

洁白裸睡的少年　/27

亲戚　/29

川女的颜色　/30

繁花照影　/31

春天　/32

念　/34

镜子　/35

尊重　/36

不同道　/38

沉淀　/40

天上的星星和月亮　/41

额外的爱情　/42

荷尔蒙的河流　/43

写给恺撒的情书　/44

二、海马不是马

海马不是马　/49

男人的责备　/50

谎言　/51

魔镜　/53

大兴善寺的午后 /54

轮回 /56

旗袍上的海棠花 /57

素雅 /58

古玩 /60

乌合之众 /61

爱吃糖的男人 /62

秋声 /63

悠长的风 /64

回头还是不回 /66

飞蛾扑火 /67

原形 /68

"丰满"的下午茶 /69

种下一只猫 /71

他从她心里长到了脸上 /73

我和猫坐在黄昏里 /75

我的路 /77

黑暗和光明一样 /79

信仰 /81

活在刺里的玫瑰 /82

先锋 /84

唤醒 /86

路 /88

花王　/89

天真　/90

高更的月亮　/92

迷醉与唤醒　/93

消失还是谋杀　/94

三棵心理学的树　/95

泡在夜总会的人　/97

雾霾天　/99

出家　/101

没入俗流　/102

记忆　/104

照相机　/105

外衣　/107

三、桃花深红浅红

春天的约会　/111

单相思的男同学　/113

一想到你呀　/114

禁忌　/115

荒山之恋　/116

错过　/118

伤心的洪水　/120

小灰烬　/122

贪吃的胖子　/124

爱的歌　/125

睡公主　/126

爱情的天空在下雪　/128

寂寞的雨　/131

偷东西的人　/133

黄昏　/135

一棵孤独的树　/137

爱的闪电　/138

美好的夜晚　/140

无法表达的爱　/141

爱情　/142

世界都在分担我的悲伤　/143

爱情把一切都改变　/145

四、白云睡了

一见花开　/149

神奇的魔术师　/151

和谐　/152

火车上　/153

迎春花　/155

返回枝头的落叶　/156

捕猎　/157

口音　/158

世外桃源　/160

情人节　/161

迷惑　/163

尼泊尔的艳阳　/164

夜色中的柠檬花　/166

麻雀　/167

花未眠　/168

烟花　/169

白云和小孩都睡了　/170

丁香花的哀愁　/171

小狗跑过的冬天　/172

许知远《十三邀》　/173

发呆　/177

无路可回　/178

春山　/179

一朵杜鹃花　/181

通向大海的门　/182

连梦都丢失的人　/184

低头抬头见　/186

睡莲睡去　/187

在路上　/188

名画　/189

午后的公园　/190

粉巷　/192

张良庙　/194

小阳春　/195

心摇曳成一朵花儿　/196

叫秋　/198

听雨　/199

死于欲望　/200

我不是曹操　/201

五、宇宙的孩子

咪鹿，陈安逸！　/205

宇宙的孩子　/208

弟弟　/209

宠物与野兽　/211

猫咪的太阳　/212

没有月亮的中秋　/214

没人爱的女人　/216

光阴的故事　/217

猫奴　/219

雪后深夜　/221

一只叫作虎妞的橘猫　/222

净业寺的猫　/224

阳光很亮　/226

真爱了，抛弃不存在　/227

六、明月的故乡

住在竹篮子里　/231

道理　/234

孤独　/236

没有表妹的故乡　/238

春天，一定要回一次四川　/239

母亲的女儿　/241

老顽童爸爸　/242

幸福　/245

乡音　/246

田园牧歌　/248

清明　/249

难以启齿　/251

这样的朋友　/252

发小　/253

人生如梦　/255

洗秋　/256

改变　/257

童年的恐惧　/258

我就这样离开了故乡　/260

八月的早晨　/262

七、宋朝的月亮

动笔　/267

禁果　/267

秋天的上午　/267

手机　/268

修行　/268

月亮　/268

宋朝的月亮　/269

天籁之音　/269

灵感　/269

好狗不挡道　/269

心境　/270

爱情　/270

桃花美人　/270

杏花茶屋　/271

春天　/271

春心　/271

阳光催人眠　/271

偏爱 /272
偏见 /272
饭局 /272
重生 /272
享誉世界的花 /273
猫 /273
悲伤 /273
爱情来了 /273
花苞 /274
早春 /274
一期一会 /274
醇厚 /274
爱 /275
猫和女人 /275
成精 /275
感受 /276
乌篷船 /276
绍兴 /276
音乐 /277
伤口 /277
腐烂还是绚烂 /277
命名 /278
通天塔 /278
桃花树 /278
爱不是占有 /279
思念 /279

花不再来 /279
网红 /280
秋波 /280
火龙果 /280
相看两生倦 /280
秋雨 /281
记忆 /281
糜烂 /281
融入 /282
种下一棵柠檬树 /282

后记 /283

一 荷尔蒙的河流

风知道

我想让全世界都看见
你就睡在我心上
我想让路边的花知道
让那些呆萌的猫、闷骚的鸟
哗啦啦的树,甚至多嘴的蛇知道
让水中的美人鱼、山上的妖精
天上的星星和月亮 知道
让亲密的人、认识的朋友们知道
但我又不想让任何人知道
突然,风一吹
哦嚯,全世界都知道了

台北的街道

他心里满满爱着的女人刚走到水果屋前
他突然在对面喊她
声音在台北冬天的雨中落下
她感受到了他喊声中的爱情
心中涌起幸福的暖潮

野李子花

冬天的野李子树上结满了麻雀
早春的野李子花开得迷离
可惜我已拿不出那么多的力气
再去爱一个想爱的男人
也无法落实我闻到花香时
被早凋的花瓣压扁的椭圆形的情欲

自在

黄昏从山那边滑过
禁果挂在树上
夕阳中两只紧靠在一起的麻雀
在湖边纤细的柳枝上
随风摇荡

相遇

静静地坐在你的窗边
不远处的阳光多么饱满
所有的花木都如此
赏心悦目
世界也是,只要用爱的眼光

春天的风,绕着我们吹
茶是潮的,心是醉的
花妖在桃花树上
闪过妖媚的脸
你低眉垂眼,假装在读魔法

一颗燃烧的心
把另一颗心照得透亮
天空蓝得耀眼
即便坐在屋里,我也知道

一个女人坐在树下

春天的午后

樱花如云

钟楼在前,鼓楼在后

一只鸽子站在八角飞檐上

突然失忆

忘记了送信的地址

一个女人坐在树下

把心事翻来翻去地晾晒

车水马龙的大街

花朵纷纷扬扬

世纪金花的奢华

不知不觉已坐在身下

执迷爱情,或执迷物质

只不过从一种病

换成了另一种

捡回家

捡回家的感觉

可真是好

捡回一只猫

捡回一盆花

捡回一块石头

捡回一颗星星

再捡回一个帅哥

就更好了

红红的苹果

窗玻璃映上第一道晨光

睡梦中的你还半张着嘴巴

总想表达点啥

多少挂在嘴上的"我爱你"

也很难让我心里泛起甜蜜

爱情不是告知的

而是心感知的

也许,只一句"原来你也在这里"

也许,就你多看我的那一眼

也许,只是一副小男孩的神情的你

从兜里摸出一个

红红的苹果给我

爱情,就击中了我

深的情

因为螃蟹太丑了
所以你不吃
我心安理得地独享了几只
别人送你的大闸蟹
还是带黄的
窗外阳光明媚
我坐在餐桌边　吃得
蟹壳乱飞　忘记了秋天
你皱眉撇嘴
嘲笑我是一只贪吃猫

多年后我才恍然明白
你一直以来的深情
只要一想起那天下午的阳光
和你眼里的欢喜　我的心
乃至头顶的整个天空
都如此充盈

我的猫

冬天的空气
是清透的
雪花纷飞时
枕着蒲公英做梦
这样的季节
正适合一个中年女人
怀春
谁不曾心动过几个
多情的少年
我们相互理解的时候
就有了超越世俗的爱

如果我心里对他们有过
想念和欲望
他们就是我的情人
当谁幻想我的时候
他就是我的猫

无声的示爱

要不要深入了解一个人
了解
让我更爱你
还是不再幻想你
我真的理解你
你的沉默　你的羞涩
你的眼神
你心底的暗流
你的渴望和恐惧
你微妙的情绪
可我理解的人
不只是你

太多的理解
让一颗心变得多么柔软慈悲
但我还是无法回应你
无声的示爱

闭目念经

一个春天的午后
我心癫狂
扯拽一千种思念
以万种风情
呼唤你

香风拂动着纱帘
玫瑰花赤裸
阳光中的浮尘微微颤动
我闭目念经
色即是空
我念经
空即是色
我念经
远离颠倒梦想
但无论念出什么
里边都有一个你

折磨

整个白天,我的身体
都在发烫
褐色的板蓝根冲剂
不仅治疗热感冒
更能凉血

沸腾的血
在黑夜里回落
我,并没有病呀

那些果冻一样的忧伤
是荷尔蒙的衣裳
我,只是重又健康

人生,不是被病痛折磨

就是被春心困扰
在死亡来临之前的何时
我才能获得心灵的宁静

"谎花"多么无力

话语是个矛盾的存在
当它虚情假意
开出的"谎花"多么无力
若完全释放出
内在的真实,却又
失去了意义

所以啊,不要轻易对爱人说想你
更不要把爱放出来
爱一旦脱口而出
就无端消逝不见了

爱和想,思和念
鼓鼓地盈满身心的时候
像一枚成熟的浆果
人生,多么饱满

你一走,我的心就空掉了

夜幕降临时我总在 TB11 街区
在灯火辉煌的健身中心
和一群身穿紧身衣原形毕露的女人
在桃色垫子上拼命拉长身体
如拉长青春　做瑜伽

你一走,我的心突然空掉
像一缕烟消失在风中
心一空,世界也跟着空了
没有什么
可以填满我的心
朋友、音乐、云朵和花朵
诗歌、美食、猫和咖啡……
哪一样都不能

天空的弯月寂寞地挂着

枝头花朵也都各自孤独

惨白的路灯下

丁香、玉兰和樱花

生气了无

时光停顿,夜晚带来失去的恐惧

如果没有你,以后的时光

该有多冷多孤寂

怀春的少女

屋后树枝上的粉红内衣
在簌簌的落花中迎风飘扬
春天的窗下
总有一个少女在忧心忡忡
绣花、逗猫、弹琴、作诗、听歌、发呆
　写作业……

多少代的少女已经香消玉殒
却又在诗词曲调和人心中复活
她们是《越人歌》里唱着"山有木兮木有枝"的
　江南女孩
是《西厢记》中怀揣春梦的富家小姐
都城南庄被思念吹落的人面桃花
以及穿学生服正发呆的现代少女
时光悄然流逝
谁又能让花朵不在春天开放

少女不在春天怀春
除非,不让春天到来

少女心

三月的天空一片酡红
走在大雁塔广场的人群中
只要看见英俊的年轻男人
我都以为他是在看我
早已忘记自己的四十岁　以及
走在身旁的十八岁女儿

我就是一个忘记年龄的中年女人
发胖的身体裹着一颗
历经苦痛
依然梦幻的心

我就是有一颗少女心的中年女人
打心眼里喜欢那些年轻的好看男人
那些好看的男人

爱着漂亮小妞的男人
提醒我真的是个货真价实的中年女人

柔软的桃花风
还在深处吹
我就是有一颗少女心的中年女人
我从不觉得自己是中年女人

一心一意的爱

即使面对面坐着
我的心也在为你静静燃烧
只要想到那个叫作你的你
就会从心底泛起微笑的涟漪

多少三心二意的爱情
怎及一个人的一整颗心
爱得无声无息
爱得充满激情

苹果

这个冬天我啃了太多的苹果
我啃下的到底是什么苹果
我敢肯定
不是落到牛顿头上引出万有引力的苹果
不是乔布斯发明的那个没有一个长得像
　　苹果的系列苹果
不是塞尚炸裂了巴黎的苹果
也不是白雪公主误吞下的皇后的苹果

你从我心底浮上来的时候　我就
啃一个苹果
红红的苹果，甜蜜忧伤的苹果
没人知道这是谁的苹果
所有人都知道这是什么苹果

帕慕克的爱情

帕慕克的纯真博物馆里
我看见一堆美人用过的旧物
从发卡、耳坠、胸针
香水瓶、手帕、顶针、小狗摆件、笔
到纸牌、扇子、烟灰缸、钥匙、盐瓶
甚至 4213 个烟头

在同名小说里
我看见伊斯坦布尔一个有钱的花花公子
一个恋物癖男人的自私
欲望和意淫
我也看到了一个土耳其文人对爱情
高超细腻的艺术化表达
用文字和造物的双重美化
唯独没有看到的
就是纯真

洁白裸睡的少年

鸟在欢叫
茉莉、半夏和薄荷在阳光中
舒展
打湿的薄荷叶子,滴答着
清凉的味道
所有的花花草草,窗内的窗外的
全在悄然生长,用我们无法察觉的方式
我在落地窗边,席地而坐
愉快地读那些一生也读不完的书

就在这样的早晨
这晨风、这明亮的阳光、这微风拂动的帷帘
开满红色花朵的另一面
大床上洁白裸睡的少年,伸长四肢
呼吸香甜

不管是不是在西安这座古老的城市
只要有你和书的陪伴
这样的光阴,都静好绵长

亲戚

那些和我爱过的男人
你们可都安好?
爱一个,就失去一个
多了一个不往来的"亲戚"

男人和女人
要一直爱下去
该有多难

川女的颜色

春天三月,走在三圣乡
的人潮人海中
怎么没见着一个
花容月貌的女子
同行的湖南肖姓诗人的抱怨
还在风中

一张桃花脸突然在眼前闪现
爱的闪电从他内心划过
诗人满脸红晕,瞬间
激发他最真诚的表达
正愁川女无颜色
一枝桃花扑面来

迎面扑来的,岂止是桃花脸
更是男人心中
最动人的春天

繁花照影

树荫绿得暗了
红色的花苞
红色的花朵
青色的果实
在同一棵石榴树上唱着短暂的欢歌
几只灰喜鹊
霍地振翅
飞起又落下
水边一丛丛深粉色的蔷薇
繁花照影
走在初夏的熏风里
阳光酽稠,草木浓郁芬芳
莫名的激情,莫名的爱
在胸中
跃跃欲试
不为男人
也不为理想

春天

春雪未化,我已隐隐听到
猫在呼叫春天
天空把桃花当成它的恋人
每到这时才嫣然地酡红

一到春天我就会去看桃花
在香气弥漫的桃花树下
和你静静安坐
任花瓣落满头

风吹拂着花朵和衣衫
吹着猫,吹着树
吹着天空与大地
也吹拂我们的每一寸肌肤
但其实风什么也没有吹动

只是我们的心动了

也许是转动了桃花运
也可能是遭遇了桃花劫
又有谁愿意错过
这桃花夭夭的春天

念

把你放在我心里
就像把定海神针放回
龙王的海中
把天狗吞掉的月亮重挂天上
让拐弯的溪水
流归大海

我从不祈祷爱
不向上帝也不向佛祖
更不向真主
我不念经也不念你
你就住在我心上
你没住在我心上
你已融化在我心里

镜子

如果没有爱的解读
你永远都无法找到那个真实的自己
那些虚情假意爱你的人
只是让虚荣的你更加虚浮
迷惘的你更加迷惑

爱人是彼此的镜子
只有深爱的人才知道
你真正的价值
穿透迷雾、黑暗和面具
照见深处那个赤裸的自己

爱人就是你的镜子
离开镜子,你就失去了真实的面孔

尊重

身着数万元的西装
手拿最新的苹果手机
再换上一辆二百万的顶级宝马
当年最新款的
一个纨绔子弟以为
这样他就能受人尊敬

如此想法,比起
女人幻想古奇裙子
迪奥口红、香奈儿香水
路易·威登包包及苹果手机
就能摇身变为美人
还要离谱

也许,兜里和心里只装满金钱的人

很难明白
为人类奉献之人
自然令人肃然起敬

不同道

我剪掉长发出门的时候
青春的尾巴也偷跑了
还有一篮子的荷尔蒙
也在时光里慢慢地消散
我年轻时看不上的男人
终于再次单身
他们半秃着头
腆着肚子
拖着青春的幻影
微笑，自信地向我挥动
爱情
以为我人到中年
以为女人年老色衰
彼此就没有了距离
他们很难明白

熟悉的我们

从来就没有走在同一条路上

以后也不会

沉淀

秋分的午后
被雨水洗得澄净的天空
走着几朵小云
我则走在去浙江女人茶屋的路上

温暖的茶香
在我的每一个毛孔绽放
一饼普通的普洱
历经十二年寂寞时光的沉淀
早已醇厚浓郁
比起当年的好茶
更有滋味
如同茶椅上那个
四十岁的江南美人

天上的星星和月亮

夜晚,你坐在青灯下
喝一杯淡淡的白茶
清净的东西,都让你
心里舒服
院子里的树,天上的星星和月亮
鸟的叫声和风声
哪一样都是

他还在外面,和一大群
并不全认识的人,在辉煌灯火里
乘着酒劲儿意气风发
有时也借酒浇愁
他们扎实地坐在那里,唯恐宴席散去
在黑暗中面对真实的人生
和自己

额外的爱情

你应该感谢我
对你的拒绝,小明子
你身在你的生活中
很难明白
你已经在踏实的幸福里
额外的爱情,只会
让你宁静温暖的人生破碎
你爱上我的
其实只是你未必能承受的
自由灵性的生活
而不是我

荷尔蒙的河流

荷尔蒙的芬芳弥漫
你爱不爱她
都会像被下了迷药一样
被迷住

失去荷尔蒙就失去了魔法
像花失去了芬芳
眼睛失去了光芒
人失去了青春
艺术家失去了灵感

有人在失去,有人在增长
此消彼长的荷尔蒙
一条青春的激流
飞溅着创造的浪花

写给恺撒的情书
　　——埃及艳后克里奥帕特拉

走遍全世界,怀揣多少野心和美人

你也得为我

裹着波斯地毯的十八岁少女停留

在埃及,斯芬克斯的家乡

也是我的王国里

当然找不出比你更好的男人

给我权力,又给我爱情

还扶持我成为一代真正的女王

我们用身体和你的语言来沟通

最终总能达成一致

你气度非凡

拥有无上的权力

大把的金钱和年龄

还向我展示世界的另一种色彩和可能
你喜欢女人
女人却只能看见你模糊的侧影
你是世界的征服者
是独裁者，是英雄
是傲慢罗马的骄傲
既是君子，又是花花公子
夜晚来临，疯狂掠夺女人
新面孔新声音
你占有无数的新鲜和第一
从精神到肉体
没人比你更慷慨
你随意地给了无数人温暖
也没有人比你更残酷
你攻城略地
征伐杀戮破坏无数

女巫的镜中一片慌乱
心里突然落下一阵雨

一把愚蠢的匕首

让我永远失去了你

二 海马不是马

海马不是马

海马在他的血液里
奔跑的夜晚
他都会
去桃花坞唱歌
在一个香艳女人的怀里
驰骋

对人类来说
海马从来都不是马
海马是欲望

男人的责备

我坐上火车
从西安到蒲城　只为给你
送身份证
你总赖我丢了你的东西　只要你
找不到的　都是我拿的
男人一贯如此
他们总是对的　女人从来是错的
从古到今　从小民到皇帝
所以才有了红颜祸水
那是男人丢了江山时候
最好的借口
丢了身份证和丢了江山
两件风马牛不相及的事
两个轻重完全不能并提的事
其实是一回事

谎言

那个初夏的早晨
挺早,阳光在白杨树上跳动
风伸出手同时翻动每一片叶子
还试图掀起我的白色长裙
我心事重重
低头走在熟悉的道路上
你喊住我
请我吃路边早餐
我羞涩地低着头
不敢看你,也不敢看天
你不会知道我青春的脸上
掩藏了怎样的黑
你快活地谈论外面的精彩
肯定地预言我的人生

多年后,我才知道
一句好话
就是一根救命稻草
拉住即将崩溃的生命
谎言有时也是光亮
为绝望的人照出一条
金光大道

魔镜

镜子太诚实
不管是我的你的还是
那个皇后的
镜子从不说谎
既不会让丑人变美
也从不掩饰美
太诚实的镜子　搅得那个后妈
嫉妒　发疯　想尽办法
要找到并害死
所有比她美的女人
幸好　比她美的女人不多
偶然才出现一个
但是现代的魔镜——手机
就变通得多
它让每个人都躲进美颜中
惊喜地活在最美的幻觉里

大兴善寺的午后

一个高大威武的和尚　身披黄色袈裟
带着几个小沙弥和一个居士
在大兴善寺内　回向众生
他们手执法器　每到一处
先敲打几下　通告菩萨
然后念着神秘的真言

白色胖鸽子开满灰色的屋顶
浑厚的梵音在寺院回响
许愿签层层叠叠
金色塔香一圈圈吐着
信众浩瀚的欲望

坐在朴素的樱花树下
我见识过它春天的繁华

就像熟悉我有过的痛苦

念咒声消散在阳光中
秋天的午后无限延展
寺院宁静　尘烟消散
我融化在广袤的宇宙
忘记了时间

轮回

我穿着人字木屐　嗒嗒地
走在浓荫下
蝉声震动　黏稠的酷热
一波又一波
谁能想到　夏日已经向秋天出发
悄然走在下一个夏天的路上

四季像一个圈　来回转动
但是　谁能左右
我们人生季节的轮回
母亲无法从老年转回盛年
我也无法从中年回到青春

旗袍上的海棠花

旗袍上的海棠花
那样轻盈地在她身上绽放
一个不好看的胖子
终于名不副实

一定有女巫施了魔法
把一个女人变成了另一个
她看看照片,又看看自己
咧嘴笑:我居然那样丑

不等到变好的时候
就不知道什么是好
你都没有美丽过
怎么知道你不美

素雅

画家大镛六岁的外甥女
某日突然宣布她天大的发现:
素雅就是不抹口红!

哦,可爱的小女孩啊
抹不抹口红
都有可能很妖艳
也有可能很素雅
那是一个女人内里的气质
而不是外在的装扮
抑或是,不同人看到时的不同感受
就像你的画家舅舅,他就觉得
抹口红的更素雅

素雅伫立在

美的山巅

在中国画中，也叫作

闲寂

古玩

古玩,有多少身家也不够玩
一个痴迷古玩的人
很容易倾家荡产
也很可能一夜暴富
就像一个赌徒
坐拥或许价值连城的真古董
抑或只是收集了一堆
一文不值还过了时的旧东西
也就是小孩子说的旧货
和破烂的意思相近
与庸常的含义类似
古玩,也就成了危险的游戏
看谁会玩
还玩得起

乌合之众

一束目光足以照亮心田
大雪飘飘,我怀揣爱情睡觉
人们不断向我们添加
恐惧、伪善和迷药
我点起大火
立即回到了春天
那些隔着季节感受到鲜花气息
装在同一个套子里的人
愤怒无比各怀鬼胎
扯起浮云和道德的旗幡
分头诱惑我和你
放弃,投降,从众

爱吃糖的男人

你闹着要吃牛轧糖
只因别人给你吃了一颗
你觉得太好吃太快乐了
好像你从来就没有吃过

其实你一直爱吃糖
不管是水果糖奶糖
白糖冰糖还是石蜂糖
甚至是女人月事时吃的红糖黑糖
只要是糖　你都难以抗拒

是不是，生长在穷山恶水的你
吃了太多太多的苦
才那么不顾一切地贪恋糖
生怕错过了那些微不足道的温暖
辜负了一些即便虚假的甜蜜

秋声

初秋的静
那得有多闹才行
蝉鸣、虫叫、鸟啁、风啸……
多声部
吵得天空爆炸
被这乱如麻
的秋声包裹
世界,安静得生机勃勃
温暖安全
如一颗水珠
融在大海

悠长的风

浓艳的太阳下
西华门十字
和一群陌生人　一起
过街道　影子被阳光压缩
像一群黑色的侏儒
悄无声息地飘移

钟声掉进嘈杂的市井里
古雅顿失
哪里来的一群小个子黑燕
围着钟楼翩飞

悠长的风贴着地面刮
一个南方口音的长发姑娘
迷迷瞪瞪地走在同伴中

突然被头顶的太阳
晒醒

落在地上的钟声
无法撞醒的
来自天空的滚烫阳光
却能

回头还是不回

回头是岸，立地成佛
佛说
不要回头，否则你会变成盐柱
上帝说
不能回头，否则你会招来麻烦
元始天尊说
作为一个不信教的世俗之人
究竟是回头还是不回

好马不吃回头草
但作为一个人
难免有回头的冲动
即便是浪子
也有回头的时候
尽管这样的概率
比黄金还稀少

飞蛾扑火

飞蛾奋力扑进火里
用自己的身体,乃至生命
火却不买账
嫌它添乱

一个不爱你的人
你拼命地融入
只会令他厌恶
只有融入对的爱情
那团燃烧的大火
才会被赞叹,被感激

原形

睡梦中　一群狗的叫声
隐隐从远处传来
侧耳细听　却是
几个人在大声武气地
吵架

人发怒时
人皮脱落
藏在身体里的野兽　挣脱
人皮的束缚
逃跑出来
人　这些所谓的万物之灵
瞬间被打回原形

"丰满"的下午茶

一只猫在玻璃天花板上

探着猫脚

我坐在白夜里　和一个叫作

小凤的姑娘

喝一杯玫瑰花茶

紫色的三角梅　在高高的门楣上

轻盈妖娆

与白皙纤细的成都女人一起

摇曳着阴暗的天空和酒吧

身着一袭黄牡丹纹样浅灰色奥黛的我

像一个沉重的影子

躲在暗处心虚　假装

看手机　看天井　看花看树看猫

就是没有看人

一个成都男人走过来
不知什么时候
他的手机里装着我的风情　瞬间
改变了美的定义
一个美丽的午后
一次"丰满"的下午茶

种下一只猫

在春天种下一只猫
秋天不会收获一树的猫
一颗苹果种子种在地里
却能结出成百上千的苹果

一般来说,动物的种子
必须落在母亲的身体里
猪一次可以生十头小猪
猫一次可以生六只小猫
大部分人,一次却只生一个小孩

但最后,不管种子落在
子宫里还是地里
一次生多生少
是胎生卵生

还是湿生化生

是花草树木,猫狗老鹰蜻蜓蝴蝶

还是鳄鱼穿山甲

都会同苹果一样

落回大地

他从她心里长到了脸上

那个美丽的女明星也老了

她结婚离婚,离婚结婚

和一个风度潇洒的白人艺术家牵手亮相

高调走红毯,平静生活

就在巴黎这个艺术之都

在十几亿群众雪亮的目光中

谁都不难看穿

她的心里一直有个男人

那个相爱多年不肯结婚

最后却娶了无名小辈的恋人

不知让她暗自流光了多少年的眼泪

石榴粒一样的眼泪

所有人都能看得透

之前有记者提到他的名字

像突然引爆了一枚炸弹

让她当众泪崩
现在她老了，也有了爱她
她也愿意去爱的男人
深藏几十年的面孔
在心底被泪水滋养的面孔
就从她心底一点点浮出
她就奇怪地有了一张
和他一样的面孔

他就是她的病
新的爱情把他从她心里
一点点驱逐出来
从脸上显现，最终
像伤疤一样脱落

我和猫坐在黄昏里

四月的天空明媚一片
饱蘸花香的风吹得酥软
一个高知女友却戚戚地说:
"下辈子,我不想再做女人……"
女人的一生,总在等待
没对象时等男孩追
结婚后,又得等玩不够的男人回家

时间的河流里,尽是等待的生命
等音信的,是即将被抛弃的恋人
等男人的,是不再被深爱的妻子
等月经的,是即将失去花容月貌的女人
等蜜蜂的,是期待授粉的花朵
等东风的,是摇着鹅毛扇的诸葛亮
他要火烧赤壁

等云到的,是黑泽明
一个伟大导演执着的完美
我和猫坐在黄昏里,等一本书

我的路

濑户内晴美出家了
用光了三十年的光阴
这个被称为"子宫作家"
不断书写
被情感困住的女人
才终于成功突围
成了天台宗的一代高僧

如何才能穿越情欲到达灵魂
穿越爱情找到自己
喝茶、念经、苦修、出家
八万四千法门
总有一种适合你

自我发现的路令人眼花缭乱

实际上却只有一条
犹如到达黎明的路
不经过黑夜
如何看见太阳
不经受痛苦
怎么超越自我
不穿越肉体
又如何望见灵魂
找到那个安然的自己

黑暗和光明一样

走在夏尔西里的艳阳下
我觉得快要魂飞魄散了
黑暗更令我安适
不知从什么时候开始的

黑暗没有原则地掩盖一切
真相,丑陋、痛苦、邪恶、懦弱
黑暗不需要理由,就包容了一切
尤其是那些悲伤哭泣无望的人
受伤的人、垂死的人
只要躲进黑暗里
像回到原点
回到母亲的子宫
暗自疗伤
不至于难堪

更不至于死掉

黑暗,一点也不邪恶
黑暗和光明一样催生万物
在黑暗中酝酿
在太阳下成长

信仰

满怀爱意的心

能让世界祥和

寡淡的爱不是爱

就像信仰

要么信要么不信

信仰上帝和信仰爱情

并没有本质区别

如果爱到充满激情至心平气和

爱到渴望奉献一切并不觉在奉献

当爱到如此

通往爱情的路和通往神的路

就是一条路

活在刺里的玫瑰

理解，远比一场
性事来得深刻
轻浮与忧伤，怪癖与恶习
都合理
并不怕和你吵架
也不为占有

最高的理解
就像苹果是甜的
鸟儿有翅膀
鱼儿会游泳
玫瑰活在刺里
猫头鹰总在黄昏起飞
不需要理解

连你的多情
都没有什么不好
那是春风吹来时
大开的爱

先锋

三月初我总算回到了云顶园
路边深粉色的花朵像一张张笑脸
很多人都认定
那一定不是樱花
因为西安最著名的樱花
青龙寺的樱花
大雁塔的樱花
都要到月底开

广岛的女同学正在微信中晒樱花
她肯定地说
这是早樱　总开在
尚冷的早春

早开的花朵犹如前卫事物

超出大众认定的常识
难免会引发各种各样的
误解误读
先锋的花朵
在怀疑和嘘声中盛开
唤醒群芳
引领世界

唤醒

一所民办学院的阶梯教室里
一个小有名气的导演在演讲
下边坐的,全是影视专业的学生
他们挺着肚皮仰靠在椅子上
玩着手机
既充耳不闻,也不提问
只等着结束
换一个地方,继续
玩手机

早晨,不知是被鸟唤醒的
还是太阳
是被人吵醒的
还是知了

阳光,总是将花朵唤醒
老师,把学生唤醒
先哲,将民众唤醒
但是,即便是佛祖
也无法把不想醒来的人
唤醒

路

我一直走在写作的路上
一个人不走在写作的路上
也会走在其他路上
不管什么路
直的还是弯的
好的还是坏的
不好也不坏的
最后惊觉
所有的路都是通向死亡的路
但我还是愿意在写作的路上
走向死亡

花王

白牡丹开在光芒万丈的晨曦里
像君临大地的女王
牡丹,从来不是美少女
多精美华丽的花盆
也养不活一朵牡丹花
牡丹,作为花王
她需要的是国土
而不是奢华的
金丝笼子

天真

见到我的人
大都会惊异于我的天真
那是专属于儿童的
一个不惑之年女人的天真
一个语义复杂的形容词

是什么把原本天真的我们
变得复杂、精明、世俗?
岁月、禁忌、世故、苦难……
还是你自己?

当天真从世俗者口中
说出来的时候
我清楚地知道,那是
含蓄克制的嘲讽

从一个明白人口中讲出来的时候
则意味着他的欣赏和懂得

高更的月亮

夏日的夜晚

一弯细细的月亮

挂在艳蓝的天空

地上人声鼎沸

吆喝吵闹不断

但只要愿意从拥挤的人群中

抬起头

就能超越嘈杂

望见高更的月亮

迷醉与唤醒

花香和阳光
鸟声和雨声
我也不知道是哪个
将我早早唤醒的

被阳光唤醒的,是精灵
被花香唤醒的,是女巫
被孩子唤醒的,是母亲
被女人唤醒的呢
是英雄和山大王

男人从来都是被
对女人的迷醉唤醒的
没有迷醉
如何唤醒

消失还是谋杀

雨还在下
屋顶上起了白烟
对面那棵一到春天就开满
紫色花朵的泡桐树
突然不见了

只要想到那棵树
就像想到一个不说话
却相互熟悉的邻居
彼此的存在早已了然于心

城市里其他长得好好的树
也经常莫名地消失
人如果也这样被消失呢
会不会叫作失踪,抑或谋杀

三棵心理学的树

2018年我生日时在读阿德勒
就在去年　我还在看荣格
再之前　是弗洛伊德

弗洛伊德打开了黑暗之门
在心里的处女地
种下第一棵闪光的树
两个门徒的枝丫
伸向不同的方向
从偏科学反叛向偏神学和人学

这些枝条一落地
长成了新的树
与老树并列站在一起
三棵心理学的参天大树

从各自的角度
合力照亮人类潜意识的
深处

泡在夜总会的人

音乐、笑声和脂粉香
还有虚空
从夜总会的门里涌出
那棵开着白花的槐树
就更加孤独
欲望,又怎么可能比一个人
的忧伤更明媚

街道、河水、空气、心思
甚至爱情
都在酷热中冒着白烟
美人的面孔
在霓虹、香烟、酒气和歌声中飘浮
任你喜欢过多少粉嫩的姑娘
那些用金钱烧出的真实暖香

虚情假意的爱情
是无法填补心和荷包
越来越大的空洞

想厘清乱如麻的生活
除非回到初心
但连你自己都明白
刹不住也没有真心想刹住
除非有向死而生的勇气
才能从酒色的泥沼中抽身

雾霾天

2018年一翻年
就天天雾霾
但我不会以为
全世界都是这样
小时候看到下雨
我理所当然地以为
所有地方都湿了
世界很大，冒雨从南门外
坐上800路
还没到丰庆公园
已经看到前方挂着
明晃晃的太阳

张狗狗在香港躲雾霾
更多人在海南岛

但我什么天气也不躲

只把自己躲在有暖气的屋子里

躲进文字里

出家

何大夫的正骨诊所里
大家闲聊起孩子
我没有孩子
和他们是两回事
她是何大夫的徒弟,云南来的尼姑
而他是大慈恩寺的和尚
还有一个
广东来的年轻道士
修的是可以结婚的那一派
哦,结婚那一派,究竟是哪一派
我不知道

我和他们一样
都没有孩子
只是,即便出家
人,还是在红尘里打转呀

没入俗流

邻座的饭桌上
一个男人操着河南话,快活地
对儿子说:
"小时候我坐的是三轮车
你现在坐的是凯迪拉克……"
听到这里,我哑然失笑
不由偷偷瞟了一眼
那是个看上去体面的男人
应该有着不错的事业
过了一会儿,他又对大快朵颐的儿子
一脸严肃地大声宣布:
"所以以后,你要给我养老!"

话音刚落,这个男人
顿时没入俗流

和一些拼命生孩子
只为增加享福概率的人
无异
他的幽默感和作为一个人的魅力
顿时,化为乌有

如果纯粹为了爱生孩子
人类危险了

记忆

风,不会把吹出去的花香还给花
鸟,不会把飞过的痕迹留在天空
人,可以从爱情中把自己收回
却无法带走已经付出的爱
爱,只要来过
即便了无痕迹
一阵花香,一首歌
某个阴天,某个月夜
都可能唤起被爱篡改过的生命
记忆
管它伤痛的还是
甜蜜的

照相机

春日放学后　我和女友
第一次去拍艺术照
在封闭的摄影间
盖着黑布的相机前
风流漂亮的她
突然局促　身体和表情
一再收缩　定格为
一张温顺的小媳妇的脸
那个生活中拘谨笨拙的我
却好像被魔法唤醒
迎着镜头灿然绽放

摄影师两眼放光
与我合力谋杀了更多
珍贵的胶卷

一个艺术气质的美人在照片上飞扬
盛开在照相馆的玻璃橱窗内
乃至杂志里
被女同学集体夸赞为上相

神秘的是　多年后
我们大体都变成了
相片中的样子

照相机像照妖镜
瞬间穿透
包裹灵魂的层层伪装
照出那个连自己都不知道的陌生人

外衣

爱的衣裳很多
可怜、好奇、丑陋、利用……
不爱的衣裳也花样众多
打呼噜、不爱干净、太丑、腿短、说谎……
其实,花样百出的外衣
都是借口
掩盖着连他自己也未必明白的
爱与不爱的苗头
这些苗头在外衣里悄然成长为
日后他自己也会惊讶的抉择

三 桃花深红浅红

春天的约会

张秀才家的男孩子
占满我的心扉
一双明亮的眼睛
约定　青龙寺　午后三时

今天是个好天气
桃花深红浅红
笑醉了春风
一颗心儿　早已荡啊漾

乐游原上
迎着阳光打马而来的
白衣少年
为什么不是你

天色突然暗了下来
刚刚飞上脸颊的两朵桃花　又褪下
怅怅的春愁
漫过高高的陌上
人面桃花　哎呀　我的少年郎

单相思的男同学

阳光下　看着滚滚东流的渭河水
男同学的心里
正满满地爱着女同学
女同学却走向水中　走向
被车祸带走的恋人

我却一点也不为女同学忧虑
他早已在岸边
用真诚经年累月编织的
单相思
深情地拽着她

他想把她拽出失去恋人的阴影
但却连一个与"爱"相关的明示
也不敢做
爱上心里装着别人的人
注定要承受双倍的疼痛

一想到你呀

初秋　小虫呢喃
夜更深了
梦里的槐花香
被凉凉的夜风吹散
朦胧中空着的
半边床
把我惊醒

但一想到你变得又老又丑
我又放心了
拽拽宽大的蚕丝被
闭上眼睛
可我却再也无法安睡

禁忌

因为看见了你
我枯寂的心一下子萌动了
树叶在阳光下熠熠生辉
欲念赫然醒来

整个阳光嫣然的午后
氤氲着莫名的忧伤
茶杯沏满　花香轻浮
白日在燃烧

赶了几十年的路
遇见太多的人
才看到花树下的你
两颗明白的心　顿时明亮

心和心很近　站在悬崖上
却没有一条可行的道路

荒山之恋

大提琴手死寂的心弦
被她轻浮活泼地拉成了一曲
天籁之音
两个被别人深爱的人
用绳子捆绑
他们在偷情的荒山上
为爱情殉葬

寂寞梳理着窗外的阳光
谣言把偷情
明摆到光天化日之下
她是不是荡妇
只看一纸婚书
是和谁的

窗外的阳光抖动了
我的心也是
电话焦急地响个不停
我到底是出门还是不出

错过

只要看见长得像你的男人
我还是会蒙住
一如与你初相见
在粉巷那个年轻的黄昏
西安成了一座诗意的古城

春天的合欢花依然粉得迷离
令你瞬间惊艳的美丽
却像我们的爱一样
再也回不到往昔

而今的你,或许也成了一个发胖的大叔
一个温暖的爸爸
浅灰西装的英俊少年
只能偶然在梦里再见

来到中年的十字路口
我才恍然明白
除了你,再不会有什么
其他的少年

伤心的洪水

一树一树的山桃花
像一盏盏燃烧的路灯
点亮了春天
高洞庙前的小水坝
理性地梳理着明月河水
我则满怀对你的爱
心潮澎湃

灰红色的晚霞回家了
太阳转到了地球的另一边
你,到底没有来
桃花瞬间熄灭
满山满河满树满地的春天
消失了
连天空都空了

心中溢出的爱化作
伤心的洪水
像开了闸

小灰烬

她坐在阴影里,温柔似水
凝视着窗外那片光
又在想那个春天和他
想念 在她的心里
长啊长
湿润的夏天,一切
都那么美好
她不知道他为何要离开
让她这样伤心,这样难过
他们曾经迷失在樱花风里
他的黑风衣被早春的风吹起
在树下他跳着为她从枝头
摘下一朵粉红的辛夷花
那么亮那么温柔,就像那天的天光
还有那个飘着大雪的下午

他无可救药，推开她正上课的教室的门
眼睛里燃烧着无法遏制的疯狂
把整个世界烧成了樱花吹雪的春天

乌鸦在树上嘎一声飞过
他突然失踪，听说跟一个陌生女人
她那颗被烧红的心，瞬间碎成了
小灰烬

贪吃的胖子

熏风中几枝胭脂色的三角梅开得惹眼
墙上那个穿着碎花旗袍的粉脸少妇
打着哈欠
春色如此慵懒撩人
一个走在宽窄巷子的胖子
对此却视而不见

在哪里都不被关注
也不受宠爱的女人
整个春天都觉得饿啊,饿
吃完这个喝那个
她总是没完没够

一个女人没有春天是残忍的
缺爱的胖子
深处蔓延的孤独
已将她侵蚀一空

爱的歌

只要听到那首《爱你一万年》的歌
我们又看见了童话里那个爱的天使
只要那爱得死去活来的歌声响起
我们就会回到二十五岁
一会儿在咖啡屋,一会儿在电影院
一会儿在河边,一会儿在树下
一会儿在云上,一会儿在哭泣
爱的天使早已弃我们而去
冷风把最后的情丝吹得七零八落
如果不是百货大楼偶然响起的
歌声让我出神
我以为自己已将你彻底忘记

睡公主

已经没有王子千里迢迢前来
把公主从沉睡中唤醒
现在的爱情　比鹅毛还轻
不如吞噬书籍　重塑身体

远古吹来的风暴
让她身心轻灵　步履如云
男人为她的美丽
神魂颠倒

自我唤醒的公主
穿过古老的小径
坐在黄昏里
喝一杯清茶　谈玄论禅
也谈情说爱时

路边的花都开了

茶和酒一样
智慧和美貌一样
都是迷药
全能醉人不浅

爱情的天空在下雪

漫天的大雪
堆积出美丽的童话世界
你同屋的女孩站在飘洒的雪中
用相机的取景框
排除我　独留下你

夜里咔嗒咔嗒的打火机声
从另一个房间传来
她的痛苦击中了我
在香烟的缭绕中
是否有两行滚烫的泪滴落
还有一颗
隐忍着哭泣的心

今天的夜太过漫长
屏住呼吸　不敢泄露
一点点秘密
天空怎么还不放亮
妈妈你的女儿想要回家

窗外大朵大朵的雪花
纷纷扬扬
从未拥有过你的感觉
由远渐近

我们从未走近过　从未
躺在别人怀里
为你流不完的泪
雪后的天空
刺痛我酒醉的双眼

如果可以回头
我已经回过一百次了

遭遇爱情　遭遇浪子
注定不只她在流泪
我怎么现在才明白

多情的青山上
覆盖着
我从未见过的大雪
这一次
我不再祈祷

寂寞的雨

风撵着空寂的林荫道
不断跑去
无限延伸
到心的最深处

眺望青山美丽的景色
白茫茫一片
映着红彤彤的晚霞
高速飞驰的汽车来来往往

晚上天空又飘起了冷雨
一个人走在黄昏
踏上过街廊桥的脚步
沉重又迟疑
生怕会踩碎记忆中初见的惊喜

同屋的女孩
你朋友的女朋友说
东北开始下雪了
她轻飘飘的口吻
提醒你真实的存在

关于你的每一个词都像细雨
落在我干渴的心里
滋润了独自
思念一个人的寂寞

偷东西的人

我当然知道

你是一个偷东西的人

向日葵疯癫

而你从不为女人发狂

隔着春天　那么多的缱绻温存

在床上和树下

喝了整整四季的桃花酒

你偶然也哭泣流泪

却不为女人

当然，也不为我

你需要爱的供养

好让你不真的疯掉

在遥不可及的野心

实现之前

月圆之夜　当你偶然
发疯时
膨胀扭曲又阴暗的影子
从地狱的屋顶落下

黄昏

夜如黑色的潮水
悄无声息漫涨上来
我专注于屏幕
进入写作
从未在夕阳中回家
独自一人的时候
我进入另一个自我
让文字从心里流淌出来

那些淤积在心底的
黑暗和悲伤
让我心事沉重
很难轻浮
也无法堕落

写作和猫

像一朵花的两面

激情地开在我的心尖

风信子带来同学自杀的消息时

我才意识到

它们由里往外

给了我怎样的支撑

一棵孤独的树

有那么一个冬天,我不想
和任何人来往
只想一个人躲在屋子里
写作、写字和看书
世间的哪里都不惦记了
聚会省了
性、男人、美食、华服
统统可以省略
悄悄地活着
如阳光下一棵孤独的树

受伤的时候
我只想把自己藏起来
悲伤却把我痛击回
内心深处,潜入
早就拥有却无法进入的名著
早就在书写却一直无法进入的真实

爱的闪电

我在阳光中寻找你模糊的面容
在热风中呼吸你致命的气息
在字词里感受你的沉溺你的飞翔
我意识模糊
在天国的花园里,玫瑰花瓣上
在太阳的烈焰里
在时间的深处
写下你的名字
一遍又一遍

我不想破解你爱过多少女人的秘密
当春色四溢
我们就是彼此的唯一
古老的爱情就是崭新的爱情
就是从未有过的爱情
不可抗拒的爱情

盲目又肯定

命运的闪电划破天空
魂飞天外的愉悦中
你迷醉的面孔清晰浮现
又消失在虚空

美好的夜晚

爱情是芬芳的

月亮挂在树梢上

我们在喝酒

柠檬花香醉了天空

你的每一个词语都像闪电

把黑夜和心照亮

你迷醉的眸光落进我的心里

我的心就空了

身体变轻，变得透明

一缕芬芳的灵魂

向你飘去

无法表达的爱

阳光寂静无声,照着走在花树下的你
白衬衫牛仔裤,低垂着肩的背影
那么无助
一地小紫花的阴影
让我如此忧伤
醒来我还在哭
窗外的几只麻雀
吵得叽叽喳喳
茉莉花在晨光中洁白温柔
春天无处不在
我们的爱却无法表达

爱情

从你简洁的
没有一个表达"想念""爱情"的字词中
我依然闻到了
那些快被夏日烧焦的思念

微笑着和一群人站在明亮的风中
心里早已泪如泉涌

世界都在分担我的悲伤

一个女人独坐在公交车上
无声地哭啊哭
让我看到多年前的自己
孤独地坐在人群中
为那些无法说出
也无法解决的伤痛
为那些进退两难扯得心碎
忍不住哭得鼻青脸肿的爱情

她们不是我
我不是她们
她们也是我
那个陷在爱情泥沼时的我
但为什么我们都要这样
哭在众目睽睽之下?

也许,在移动的交通工具上
就可以藏在上上下下的
陌生人群中
全世界的人都在分担我们的悲伤了

爱情把一切都改变

东风稠密,花朵汹涌
春天的路上,走着
杨柳、燕子、桃花
和焦急的恋人

突如其来的爱情把一切都改变
自从和你相爱
我才恍然明白了这个世界
心儿柔软地滴答着甜蜜
一只黏人的猫
几盆要浇的花
几本惦记的书
还有等着我去填满的本子
微小的我,在微小的事物中
感受世界永恒的美

可在你出现之前
同样的生活,我却只觉
无尽的苍白虚空

四　白云睡了

一见花开

从黎明到黄昏
难以置信的果蜜香,像一团
飘来飘去的小云
一直从家到菜市场
到工作室
到我去的任何地方

傍晚那团香云
又跟我飘去了中大国际的
来港书城
停在了仓央嘉措的书前

他字字珠玑的诗歌
粉碎了我对他坚固的误解
他,不仅是一个多情的活佛
他的诗句香艳

他的诗歌庄严
里面藏着他爱过的女人
和透悟的佛法

一个人经由爱情
参透了自己
也就
明白了所有人

整个夜晚
我都在为他的每一个句子
激动
天国的莲花瞬间绽开

有些相遇必须
等待
早一点不行
晚一点也不行
因缘具足的时刻
一见花开

神奇的魔术师

午后　我光脚坐在蓝田峪
河中一块白色大石头上
春天的河水
像一群欢快的顽童
拉扯着挤作一团
从我身边的乱石中跌跌撞撞
嬉闹奔去

阳光是最神奇的魔术师
把熟悉的一草一木　都变得
轻盈透明　梦幻瑰丽
柳枝和桃花　在风中
摇动斑驳的光影
就像童年
摇动了所有的春天

和谐

花豹坐在细细的弯月亮上
吊着尾巴
舔爪子洗脸
花开花落时
你在天空拼命擦洗
一片白云

彗星从你身旁呼啸而过
像一朵绚烂的烟花
尚未落地　就在空中
消散了
大地上的花　还在不停地开落
大地上的动物　还在不断出生和死去

火车上

火车在秦岭车站
突然停下
我从午睡中惊醒
惊异于四月的窗外
竟然如此荒凉
下铺的一个老年旅客
操着浓浓的四川口音说:
"到了天回镇,就到成都了。"

回去时,山中无人关注的积雪
还在夜里继续洁白
轰隆声、呼噜声、吵架声
秃顶男在黑暗里不断解释
不断啧啧飞吻的电话声……
火车载动一车厢的

吵闹、情绪和睡眠
和我那些不着调的空想背道而驰
天亮时
河南人、东北人、四川人、陕西人
　湖北人……
热烈地高谈着婆媳的斗法，生活的
鸡毛蒜皮
在阳光下，沿着铁路线
一路到西安

迎春花

迎春花
宛如缀在冬天边缘　面朝
春天的
千万个小喇叭
它们用明亮的金黄
第一个宣告
春天来了

城墙边成片低垂的迎春花
则如一帘帘金黄的瀑布
滚滚而下
飞溅着金黄的花浪
直落进护城河里
流进长安之春里
流进每个人的惊喜里

返回枝头的落叶

一群麻雀在冬天的空地上
蹦来跳去
当我从不远处走来
它们突然飞起
像快倒的镜头
迅速返回到光秃秃的树上
刹那,枯叶在枝
一首为冬天书写的哲理诗
清晰地映在辽远清寂的
天空

捕猎

医生帮忙捕猎卵子
不管年轻的,还是中年的
让难以怀孕的女人受孕
艺术家捕猎灵感
寻求精灵的指引
进入潜意识无边无际的黑暗
光芒闪动的灵感
让艺术家受孕
经历或短或长的孕期
诞生出能够抵御时间无情冲刷的
杰作

口音

在鲁家村的农家乐
村民给我们泡了富硒毛尖
他们的好客之情
似乎也要从满满的
滚烫茶水中溢出

乡下人很热情
乡下空气很清新
乡下东西真的很新鲜
好吃
一旦和他们坐下来
喝杯茶
聊起天
却立即感到疲惫

一个好的发音
如同宽敞平坦的大道
走在上面的词
更容易轻松地
准确抵达

世外桃源

正午的阳光刺眼
公园的林荫小道上
女贞树枝头　一簇簇黄黄的碎花
散着木香
一个总有人的亭子
此时空空荡荡
我如一条走在路上奄奄一息的鱼
趁机在水中歇息

这是公园一天难得的
清静时分
蝉声阵阵　忽东忽西
卸掉沉重人气的热风
轻快地吹
三春亭里　闭上眼睛
我已躺在松涛之中
我已身在世外桃源

情人节

天空灰蒙蒙的
雨声响亮
一整天
都没有鸟叫

我知道,全世界热心肠的
长尾巴喜鹊
都冒着大雨
到天上搭桥去了
它们还煽动其他的鸟
只为让地上天上的牛郎织女
一年一会

一个长发披肩的年轻女同事
紧紧抱着一束红玫瑰

痴痴地对着黑黑的电脑屏幕
顾自傻笑

一只花圈圈尾巴的猫
贴着我中年的脸
雨声中
一个香甜的午觉
温暖悠长

迷惑

两个美少年
在一片以假乱真的
白玫瑰花海边
玩酷耍帅地合弹一架白色钢琴
音符飘出来　花瓣一样
落在每个顾客的脸上
中大国际华丽的大厅
活色生香起来

自动玻璃门外　一轮圆圆的明月
直照着我
天空艳蓝
世间转瞬朴素
刚被奢华迷住的心窍
猛然打开

尼泊尔的艳阳

尼泊尔的幸福
只属于男人和狗
与
那些背着孩子下地干活的女人
那些山道上缓缓移动的背着小山一样的
　庄稼的弯腰走路的女人
何干

三五成群的健壮男人
甩手吊脚地坐在栏杆上
像鸟落在电线上
音符落在五线谱上
无聊又快乐
那些毛色斑驳
个头挺大的土狗

想怎么就怎么
躺在马路上
与男人一起
在喜马拉雅悠闲自在地
晒着高原的艳阳

夜色中的柠檬花

看到它们我就微笑了
夜色中的柠檬花
山杜鹃花以及栀子花
温暖地开在我的阳台
我的梦中,我的心中

植物和猫一样
是我最真挚的伙伴
陪我穿越尘世
无尽的烦忧

麻雀

清晨,从窗口望去
不知哪来的麻雀
黑压压一片
像块巨大的脏兮兮的抹布
在空中扭动,急速地
飘来飘去
又像撒在空中的一把黑芝麻
一点一点消散在晴朗的天空
如此普通又扎堆的麻雀
是数量最多的小鸟
在二十世纪五十年代居然
被全民围剿
一个丑丑的姑娘,呆呆地看着
在地上跳来跳去的麻雀自语:
"它们可真可爱呀!"

花未眠

太阳落山
湖面的莲花
篱笆上的喇叭花
还有向日葵
参差睡去
夜深了
金合欢、蒲公英和含羞草
也都睡了
只有川端康成的花
在读者的心中永远未眠

烟花

柠檬香弥漫房间,像一阵烟花
不等风吹已经消失
我看着月亮
你看着我
因花香而愉悦

都市的空气厚厚的
夹杂了
太多人的气息
热烈、空洞而忧伤

猫迎着月光舔它的爪子
从消散的香感悟美貌的消失
透过时光看树如何老去
但月亮还和秦时一样年轻
而教我唱"月亮婆婆,莫割我耳朵"的外婆
已经去世好多年

白云和小孩都睡了

初秋夜晚的天空
蓝得动人心魄
心宽体胖的白云一动不动
和那些天真得无邪
却有人爱的小孩一样
闭上眼睛就进入梦乡

地上的大人
那些自以为聪明
连爱也要盘来算去的大人
还在翻来覆去

丁香花的哀愁

阳光下的丁香花
明艳动人
像都市里理性的白领丽人
不会没有缘由地
空结愁怨

丁香花的哀愁
得等到雨天
在江南白墙灰瓦的小巷里
走过一个撑着油纸伞
散发忧郁的紫色姑娘
被一个多情的诗人看见时
才存在

小狗跑过的冬天

长得像浣熊的两只小狗
在冬日的夕阳下
幸福地走在回家的路上
还不忘回头
向我展示它们独特的脸

它们跑过的冬天,好美啊!

许知远《十三邀》

视频里贾樟柯和许知远
在吞云吐雾
一支粗粗的黑色雪茄
一支细细的白色薄荷香烟
看着看着
我就咳嗽了

歌曲是语言的花朵
弹着吉他而歌的罗大佑
口吐莲花
最近一次已经是十八年前
看着他背着吉他走上舞台的
瘦小身影
我突然担心他
再也无法承受那么多的欢呼

和期待

忘了节目里谁说的
不安是你从未建立过自己
也可能是无法很好地重建你自己

月亮总是跟着贵州大山里的一个小孩
回家
他喝水，听广播
再出门，它还在外面等他
陪着他走
小小的毕赣小小的心
不再孤单
他电影里的魔幻世界
只是他孤独童年幻想的温暖

张楚的眼眸像两簇燃烧的黑色火焰
烧得他枯瘦，憔悴苍白
对他来说，现实勒得太紧

让他发疯
他也不想成神,挂在墙上被膜拜
唱完"孤独的人是可耻的"
他就藏身农家小院
一个人种花,写歌
成了一个"可耻"的人

罗大佑
那个引领时代的音乐教父
安心地待在温暖的家里
努力感知新的时代

吴晓波
一个风靡一时的财经作家
再也没有写出令我激动的书
收费,收费,还是收费
只要金钱的杂草在人心疯长
智慧之树就很难不逐渐枯萎

还好,西川还活在少年
意气风发地尝试
用全新的形式
处理崭新的时代

坐着坐着天就黑了
一个接一个
曾经影响了我们的人
看着看着
天亮了
镜中的我,已到中年

发呆

坐在春天的赛特奥莱
在万亩桃林、杏林、葡萄园中
一个新建的购物小镇
每隔几分钟
就有飞机从头顶
向一旁的空港滑去
头部和尾部闪烁的亮光
将酽稠的黑色天空
切开

香甜醉人的和风
吹动我的夜色真丝长裙
我坐在露天椅子上
悠然发呆
不为看飞机
也不为喝咖啡

无路可回

冬天的山路像根细细的
白色藤蔓
稀稀拉拉结着人家
水困得睁不开眼睛
越来越流不动
彻底睡着了就变成了冰
人跑不动就老了

冰加热可以变回水
藤枯了会再绿
万物之灵的人类
反倒无路可回

春山

竹叶一样碧绿的竹叶青
淡黄色胎菊、翠色毛尖
清香清透的滋味
也无法替代
想出门看花的心

春天的终南山
粉白色的野杏花散着甜香
和尚念经的悲音
在山上回响
为数不多尚未下山的游人
和一只瘦橘猫
都不由被晚课声
吸引　静坐在大殿外的台阶上

春色宜人的山道上
走来一个戴金丝边眼镜的
年轻俊和尚
沣河的水声如瀑
轰隆作响
天色突然暗下来
云在疯跑
我们也跟着狂奔
好赶在雨点落下之前
带着染上春色的心
坐在回城的大巴上

一朵杜鹃花

城市的雨
是从钢筋水泥的高楼
而不是从灰瓦的屋檐
落下来的
整夜　都有汽车开过
黑湿发亮的雨路

只要心怀诗意
一片藿香的叶子
就是一片藿香地
一朵杜鹃花
就是春天
一滴雨就是
奔涌的河流
它们把你带到任何你想去的地方
包括故乡和远方

通向大海的门

每天清晨,渔夫出海
在水中捕鱼
我则从闭上的眼睛出发
潜入潜意识的大海
打捞词语
刚打上来的鱼是鲜的
刚捞上来的词是活的

有时我为那些灵感欢喜
有时却在水中沉沉睡去
窗外鸟儿的叫声唤醒我
我霍然把词语拖出
在见光消融之前
迅速固定在纸上

一旦真正醒来
通向大海的门
就关闭

连梦都丢失的人

晚上睡不着的时候
夜晚不再是每天必定丢失的
一大段时间
那闭眼睁眼的瞬间

黑夜变成了黑色的影子
不断被拉长
长到令人发疯
长到累得心脏疼还挨不到黎明
这样的早春
我早已心怀的不是春天

我不知道怎样度过这样的惊醒之夜
有时候,柠檬花香盈满屋
杜鹃花在微弱的光线中冷艳

不看镜子,我都知道那是张愁惨的脸

睡眠被杀死
我在黑夜里没法死去
天亮时也没法活过来
生命的沙漏,加速流逝
我成了失眠的人
那个连梦都丢失的绝望的人

还好,那些美丽的花儿和猫
温柔的夜风和闪烁的星星
这些世间美好的事物
它们从不嘲笑我

低头抬头见

穿越十里春风
低头没有看见地上的六便士
抬头也没有见到
天上的月亮
却打扰了树上
一只猫的
闲静时光

睡莲睡去

太阳行踪不定
午后四点
已有睡莲悄然入睡
还有一些花朵在硬撑着眼皮
或无心睡眠
就像我们人类
有人睡得早
有人是夜猫子
并不在同一时间睡去

在路上

坐在 59 路车上
从咸阳到西安
穿越渭河大桥
早春的太阳　慷慨地
向大地抛撒一路的碎金子

天空嫣然
白云身形单薄
总是要历经夏天的风雨酷日
才能强壮丰满
各种惊艳的云朵
铺满蓝色的天空

名画

蝴蝶停在莫奈的睡莲上

不再飞走

向日葵自始至终在凡·高的金色里

激情燃烧

齐白石的那只蜻蜓

恐怕永远也飞不到莲花上去了

……

东西方的大师

各自念一声咒语

把这些

风一样流动的美定住

用色彩

凝固在画布画纸上

展示给时间长河里的全人类看

午后的公园

公园安静了下来,芳菲亭下
拉三弦吼秦腔的人
拿着歌本齐唱卫风的人
都走了

鸟叫得有点倦
花也一脸疲惫
连公园都累了
树木的浓荫
把灼热的阳光、汽车、灰尘
和噪声
挡在外面

没有一丝风
湖泊被魔法催眠

喷泉、游船、倒影、落花
绣在绿色的水面

我偶然漫步在夏日的正午
在这静止的公园
想象古老的童话与诗情

粉巷

粉巷　粉色合欢花
仅仅这几个词
在哪个季节听到
都是春色

冬天的黄昏
来到花间阁
故意错过那些海盗船、沙滩椅
橡木桶、咖啡屋和酒吧
几盏红红的灯笼下
几个人在蒲团上盘膝而坐
围着白居易的红泥小火炉
用长柄木勺
舀一杯新煮的古老话题
遥品魏晋

窗外　干枯的合欢树枝上
大朵大朵的雪花
被寒风吹动
正寂寂　无声落下

张良庙

白云急急乱跑
薄雾如白色的烟
风起时
漫涨在紫柏山山巅
湛蓝的天空下
早早主动退隐的张良
悠然闲坐
转眼已过千年

小阳春

天空蓝得纯净
映衬着枝头一串串黄色的
小小果实
湖心岛的岸边
我和花猫坐在石头上
迎着阳光晒着
午后暖洋洋的太阳
美好又寂寞

心摇曳成一朵花儿

每到春天我和朋友都会
穿上轻薄的春衫
去看花、饮酒、品茗、踏青……
像个唐朝的长安人

花朵一树一树
声势浩大，一路燃烧
城市的尚未凋谢
山里的已次第盛开
从街边到屋前
从水边到山上
从二月到四月
如火如荼、如烟如霞
照亮了繁华的街道
破败的茅屋土墙

以及无常的世间

花在枝头,酒在杯中
那些平日里只顾低头生活
被红尘琐事牵绊的女人
抑或被爱情和理想折磨得
失心疯的女人
只要来到花树下
抬头看花
就忘记了时间
当心摇曳成一朵花儿
忽然被点亮的面孔
就美得惊心动魄了

被桃花点亮的
除了春天
还有人心中的幽暗
桃花和女人却不知道
自己原是最美的春天

叫秋

一片蝉鸣中
醒来
鸟声隐没
蝉鸣震动晚夏的天空
从早上到黄昏
我知道
没有几天
等小虫一开口喊啾啾
就是秋天了

听雨

大雨如瀑
北窗下听雨
心中顿觉空明

死于欲望

地球一年比一年热
河水、空气、心思
甚至爱情
都在酷热中融化了
北极熊疲惫地游在捕鱼的路上
淹死在浮冰变少的北冰洋深处
有些鲸鱼则在大海的浅滩
集体自杀

让各种物种迅速灭绝的
不是气候
而是改变世界的人类的没完没了的
欲望

我不是曹操

夕阳下,穿过明瑞王的
莲花池公园
喧闹的街市
风雅的竹子
直到月亮升起
终于来到江水滚滚的汉江边上
曹操在此挥毫写下风流千古的"衮雪"
可我不能那样写
所有人都说是错的
因为写"衮"字的时候,我不在水边
我想,并不是因为我不在水边
只是因为我不是曹操

五 宇宙的孩子

咪鹿,陈安逸!

一

不知道你是男孩还是女孩
今天是 3 月 24 日,阳光灿烂
不过,你得等到 10 月份才能出生
对世界来说,你微不足道
却是上帝派给我们的小天使

你的父亲迪迪猫说,在你小的时候
就要为你养一只狗,让它陪你长大
你的母亲皮皮鹿两眼放光,眼前已经有小狗
　　用前爪摇着摇篮的景象
虽然我的猫娃子,因为你一时不能回家
但愿以后你会喜欢它
当你来到这世界,要好好看看天空、大地和
　　花朵
你的父亲说了,要让你有一个快乐的童年

如你的名字那样
一生都逍遥安逸

不久我们的家族终于会有一个小孩
一只比你大两岁自以为是人的猫
以及可能到来的会看护小孩的金毛之类的
　　狗狗
只要一想到这些
窗下的野李子花就开满天边

二
9月14日，爸爸的生日
这天阳光明亮，风很大
小家伙提前半个多月来到了我们家
把自己作为最珍贵的礼物
给初次荣升爷爷的爸爸带来惊喜
不过，生活和想象出入太大
7岁的夏天，奔忙在各种培训班的咪鹿称
偶尔回家的猫娃子为"坏猫"

姑姑说猫乖都没说咪鹿乖
他嫉妒得大哭
幸好那只狗还停留在想象中

不管现实如何坚硬
我们全家还是喜欢温暖地
围在一起
七嘴八舌畅想未来

宇宙的孩子

我的小侄子很小很小
坐在奶奶怀里的时候
那姿势和神情
把我吓了一跳

不会说话的小孩
表情威严高贵
神秘
意识和光同尘
混沌一片
一旦开口
才从神的母体脱落
堕入凡间

弟弟

你就那样站着等我,在路边
像棵新栽种的树
羞涩又坚定地
看着东大街汹涌而过的人潮

我终于看见了你
傻乎乎地对我笑
童年的笑,神神秘秘
我快乐尖叫
一大枝桃花开上了书桌
我再次笑,眼里有点潮湿
你在窗外蹦跳着
冲屋里正做饭的母亲喊:
 "姐姐回来了,姐姐回来了!"
一个初秋的清晨

坐在床上的妈妈,怀里
突然多了一个婴儿
我曾嫉妒得要杀了你的心
一下子融化
你又小又萌,闭着细长的狐狸眼
瘦弱、胆小、羞怯
抱着书桌腿
赖在姐姐们中间

啊,我的小弟弟
怎么一眨眼
小小的你
缺牙坏牙的小弟弟
已长得像一棵大树
为了别人的一句话——对你姐姐的流言
你一拳把他打进了医院
你又高又大,你已是交大的学生
从南方到北方,你不再
是那个细白皮肤的病小孩

宠物与野兽

咪咪缩着前爪
支棱着耳朵
乖乖的像个兔子
但它前一天
才猎杀了
一只大白兔
猫,从来不是温顺的兔子
不是羊群效应的羊
不是狗腿子的狗
也不是结伙围猎的狼
特立独行的猫
藏起尖锐的爪子和尖利的牙齿
呆萌地坐在人类的窗前
在宠物和野兽之间自由转换

猫咪的太阳

窗外的风很大
像海浪
咪咪卧在波浪形猫抓板上
很是安逸

一翻年的春天
咪咪就整整九岁了
这个冬天
它突然老去
不动,懒卧,多觉,怕冷
像一个老人
我很想把它放到太阳底下
晒晒
晒去疾病、衰老和忧郁
可这个朝北的屋子

夏天照不进阳光一缕

为了我的猫咪
总有一天我要有一座
南北通透的房子
最好院子里
还有树
咪咪可以在树上吹风
晒太阳
只是猫的一生太短
我得加快实现这个理想的速度

我知道最像阳光的是爱
可不管汹涌着多少爱
我们还是需要
真正的阳光照耀

没有月亮的中秋

屋檐下几串金黄的玉米上
跳动着金色的阳光
门口停着你那辆用河水洗得洁白的越野车
却不见坐在房顶上的白色小白
那只被你城里的老乡领养又偷偷遗弃在
你家后院的母猫

它的叫声穿透村庄
就在七年前,它打跑
卧在阴影里的老黑猫
在你的老家安家,卖萌、叫春
生儿育女

阳光照着小白也照着小白的儿女
无私的母亲逃离一次毒杀

却仍难逃廉价火腿肠的祸端
传说中猫有九条命
小白一家
在人类的地盘上
已全部死于非命

天突然下起雨来
这个中秋,没有月亮

没人爱的女人

三月的黄昏
燕子在烟柳的帘幕中飞掠
这个世界上,有谁宠爱你
你又是谁唯一的玫瑰花?
那些从来没有被强烈爱过
连生养她的父母
都不宠爱,在另一半的心中
也都无足轻重
没有爱的护身符的女人
哎呀,这份孤单,真是没有落处
坐在温暖的阳光里
想到那个在世间没人爱的朋友
疲惫,却无能为力

夏日的一片黄叶飞旋着
落到树影下

光阴的故事

一天的大部分时光我都在工作室
对面院子里有一棵高大的泡桐树
一到春天就开满紫花
上面落着叽叽喳喳的麻雀
长尾巴的花喜鹊和胖乎乎的灰鸽子
阳光好的时候,野猫在院墙上
神秘莫测地走秀

我坐在北窗边
咪咪像随意变形的
巨大花朵
不用抬头我也知道
它不绽放在桌边,就绽放在窗台

日光像水一样渐渐流走

灯光瞬间把窗外汹涌而来的夜色
击退
咪咪伸伸懒腰
摇身变回一只猫
跳下书桌,出门巡视楼下的露台
等它回来,我就
心虚地踏上回家的路

每次途中我都心痛纠结
我给了它爱和食物
也囚禁了它最宝贵的特质——
美和自由

猫奴

一个猫奴把猫对她说的话
录音
某天突然放给猫听
猫瞬间生气咆哮
她由此断定猫在骂她

一个养了四只猫
每天为猫做饭
自己叫外卖的猫奴
让我也试试

巴别塔下,语言分裂
人类分裂了
但我却想,听不懂猫语
真是太好了
我从不测试谁在微信中

把我屏蔽、拉黑、删除
我只想像一朵花一样
心无芥蒂
而我对咪咪的爱
不是上等的猫罐头猫条猫汤猫粮小鱼干
不是华丽的猫窝猫爬架猫抓板
也不是花很多钱带它
去宠物医院看病住院
而是让它做一只全猫
直到第九年的春天
挂爪、撒尿做记号的咪咪
蛋蛋还完好地藏在尾巴下
见到偶然从门前路过的母猫
它还敢一冲上前
自信地搭讪

因为听不懂猫语
可以尽情赋予猫们自己的幻想
人类的忧郁就被那张小孩般纯真的猫脸
治愈了

雪后深夜

雪后，寂到可以听见
哈出白气的吁吁声
一只黄斑猫，颤抖着凄厉的叫声
瘪进去的肚子
毛撑撑地走在
寒气森森的夜里
我搜遍全身
也没有什么可给它的
我也没有舍身饲虎的慈悲
只能哭着离开
我知道很多猫
在这样的夜里
熬不到天明

一只叫作虎妞的橘猫

暮春时节

肥滚滚的虎妞在梦中

咬我的手指,出血

几天后,它不见了

从七楼的阳光大露台

我抱着咪咪

呼唤它的名字

回答我的只有风声

可满院子都不见它

我只好从北郊带回咪咪

它表情冷酷

好像一点也不悲伤

从此它又可以和我生活在一起

把自己想象成人类的小孩

莽撞的虎妞
总在不是我们住的那一层迷失
身披虎斑花纹的它
从楼梯上向下走
就像老虎下山

我真的养过一只叫作虎妞的橘猫
它如今就住在我的书签上
早已被咪咪遗忘

净业寺的猫

一只瘦橘猫　下到
放生池边
我喊它
它就踩着轻盈的猫步
拾级而上
分享我的煎饼和牛奶
它坐在一旁的石头上
顺便舔舔爪子
我想起这里曾有个
挂单的江苏和尚
养过一只叫作蝴蝶的三花猫
它夜里经常和蛇战斗
我还想起大殿外
一个被外婆叫作猫的
大眼睛女童

从五里外的上栾村
走来捡破烂

我的报道
把她从危房和失学中打捞上来
读者长长的车队送来了
被子、粮食、文具、现钱和温暖
也带给我作为一个记者的自豪

阳光很亮

阳光很亮,风很冷
小青柑在紫砂壶里
散着暖暖的青橘香
我们坐在红色绒布沙发上
喝茶聊天,空谈理想
另一个沙发上
为理想奔忙了一天的猕猴桃
撅着屁股睡着了
旁边还有一只
扯得长长的懒猫

真爱了,抛弃不存在

天下起雨来,从早上
一直下,又大又响
雨滴敲打着夏日的烈焰
敲打着女贞、法国梧桐
美人蕉和胭脂花
还有我早已湿成一片的心

知道自己爱上什么的时候
就离失去不远
咪咪和我生活九年了
可到前年我才明白
我爱它像爱一个孩子
也如老乡说的
像爱一个情人

爱太脆弱，一碰就碎

爱太坚定，始终都在

这何尝不是对一个男人的爱

当我从沉痛中醒来

居然一点都不怕背叛了

但我怕你离开

我也不怕你弃我而去了

但我怕你弃这个世界而去

你爱不爱我都没有关系

你爱谁也没有关系

只要知道你还在这个世界，好好活着

想起来就流的眼泪不再乱飞

一颗狂乱的心立即恢复了宁静

真爱了，抛弃就不存在

六 明月的故乡

住在竹篮子里

"那儿有地方住吗?"我问
"把你装在竹篮子里挂起来!"

一声"竹篮子"平添了我的忧伤
那只消失的小橘猫
被我放进扁扁的竹篮
挂在高高的晾衣竿上
花猫咪咪望着它
叫个不停
着急地尝试各种角度
上蹿下跳地救它

一声"竹篮子"足以令人怀乡
我和幺舅公的小女儿
曾坐在类似竹篮子的箩筐里

他挑着我们

走过水巷子,走过大石桥

到有仙画的宝梵寺村

参加一个亲戚的婚礼

新毛巾像朵干花

在翻滚的开水里绽开

绷起的白线上下移动

绞出新娘如月般皎洁的脸

几个女人拖着哭腔

一首接一首地唱歌

闷热的夏日突然悲凉起来

幼小的我,也感到了莫名的忧伤

穿越幽暗的时光

你到亲戚家,一个姐姐说

晚上就把你挂在竹篮子里

你马上扯着妈妈要回家

在这个夏末
一个竹篮子
就把我们带回童年
带回故乡

道理

亲戚们都说
你的脑子坏掉了
我从未见过你
你在内蒙古
成吉思汗的故乡
吹着塞外的风沙
种苞谷喂猪养家,而不是喂马
驰骋沙场

微风青苔小河古井青石板
在你心中暗长了四十年
比儿子孙子还要茂盛
以至于年老时长出了你的身体
故乡在你心中待不住了

我终于见到你

已经六十岁,坐在
死去父亲的堂屋里
风吹日晒黑红的脸
大漠的风吹走了你的
青春和洁白
故乡的雨在你身体里
每天哭喊着
叶落归根,叶落归根

你家门后的河水
还在哗哗地流
你的脸皮挺厚
世道人情却有点薄
没有一个门洞
可以真的收留你

于是你想用婚姻带你回乡
就像二十岁时,你用婚姻
逃离故乡

孤独

四月的春天也会令人感伤
雨一直下,桃花、杏花、樱花的盛宴
已被雨打风吹去了
灰色的天空,寂寞的枝头
一个人在窗边
心灰意懒

你突然打来电话说
陕北好冷,也下雨了
你总能在这样的时刻
没话找话地找我
不管身处多远的远方

只要有人及时感应我的孤单
我也就不孤独了
几声清脆的鸟叫从窗外传来

雨还在下,但我的心
亮了起来

没有表妹的故乡

离开故乡,三十多年了
普通话的卷舌音,我还是卷不起来
倒是卷在记忆里的那些山、那些水
那些人和那些事
在我的文字里,逐渐铺展

可是我的小表妹
她翻着白眼噘着嘴巴说:
 "不好,姐姐
你写的故乡一点也不好!"

这让我好生沮丧
突然,她扯着嗓子
用川普吼道:
 "我呢,我在哪里?"

是的,没有表妹的故乡
不好,真的一点也不好

春天,一定要回一次四川

我的小表妹说:
"姐姐,春天时
你一定要回一次四川
春天的四川,真的太美了!"

圣莲岛像一朵开在
涪江中的巨大莲花
远远地,白衣胜雪的茶服仙子
飘然而过

坐在苍翠的竹林中
一杯翠绿的竹叶青
一本《追忆似水年华》
就是一个上午

四川的春天实在无关紧要
只要有那个叫作秦秦的小表妹
坐在河边等我
我就算回到了故乡

母亲的女儿

母亲清澈的眼
笑眯眯的
"我刚从女儿家回来!"
她"不打自招",院子里
熟悉的老太太
见母亲满面春风
脚步轻盈
手上提着满满的礼物

有个女儿,在这个世界上
就有了一个可去的温暖远方
有了一个可暂时卸下沉重的
诗意栖居地
即便是重男轻女的人
也总要努力生下个不受重视的小棉袄
人生,才能算作圆满

老顽童爸爸

我的老顽童爸爸

永远是丰子恺画中

那个走在乡间小路上

头戴荷叶的儿童

夏日酷热

退休多年的爸爸

用偶然捡来的竹子

编了个笤箕

真是精致

小时候我就背着他编的

小小背篼

到河边

捡好看的鹅卵石回家

爸爸也曾是背着背篼,怀揣

录取通知书
从高洞庙的乡下
赤脚走到成都上学的优等生

家里装修时,斗笠形的餐厅顶
让忙了一天的工人
等到父亲下班回来时
还摆不平
父亲随手在纸上用公式一算
裁出来的板材
还就刚刚好

饥饿中长大的爸爸
一见我回家
立即拉开冰箱门
翻出冰冻的鱼肉
成天喊着减肥的我
想起来就热泪盈眶

我的老顽童爸爸
一点也不高大的老爸
在这个薄凉的世界
给了我最真实的温暖

幸福

坐在餐桌边
吃着鱼汤泡饭
看父亲笨手笨脚
认真地捞起鱼
眼泪无声地滚落到汤里

我那太实在的父母啊
不就是菩萨吗
无怨无悔,全心全意
照顾着我和小弟弟
中年的我们时不时回家
还在吃着他们用心做的好吃的饭菜

手机定位软件显示
我们就住在幸福路上
可是这么多年来
我们却从来不知道

乡音

重庆江北机场的卫生间
打扫卫生大妈的
每一句话
她的腔调、她的表情
都让我瞬间
回到明月古镇

走在金龙路的树下
卖菜的女人对卖李子的
老太太说:
"你这个打农药了没得?"
"没有。"她拖声遥遥地回答
然后是一长串细碎的家常……

我不会像石川啄木那样

专程去上野车站的人海中
听乡音
但这湿热的天气
这坡道
这高大的黄桷树
这无意中飘过的浓重乡音
又怎能不让我心潮起伏
双眼潮湿

田园牧歌

夕阳西下　几只
大白鹅
大摇大摆地结伴回家
树下石头上　休憩的
山民
悠然自得地摇着蒲扇
和狗一起
静享湖光晚霞

清明

小雨是清明最美的天气
适合淡淡的深情怀念
我和母亲提着
给彼岸亲人的一大包赡养费
从西到东穿城而过

中五台香火旺盛　烟雾缭绕
我们直奔后庭　排队
在八卦炉里　用火
把纸钱迅速
锻造成彼岸的硬通货

纸钱在炉子里熊熊燃烧
发出欢喜的嚯嚯声
绽放成一朵颤动的重瓣黑灰色莲花

母亲念念有词　最后留下一点
小额现金
打发没人惦记的孤魂野鬼

只要活着的人
还在想念他们
他们就没有真的离去
清明提醒此岸的人们
放下所有的忙碌
集体缅怀彼岸的亲人
一年一次

难以启齿

谢谢你的茶
谢谢你的饭
谢谢你的蛋糕
谢谢你的桃子
谢谢你的游戏
"还有什么?"你问
谢谢你的陪伴
谢谢你的爱
当然
这才是我最想说
却难以启齿
也不需要说出来的

这样的朋友

你有没有一个
想都不用想就
可以打电话的朋友
有没有一个
可以在她家里乱翻冰箱
找东西吃的朋友
有没有一个随时可以留宿你的朋友
这样的朋友
能有一个　就够了
幸运的是　我好像
有这样一个朋友

不幸的是　就在不久前
她却意外地消失了
从西安这座城市

发小

我们吵架,和好,和好,吵架
没有裂痕
多年后一个炎热的夏夜
酒醉的你得意地说
你曾故意让我错过一段爱情
只为他不因爱我而讨好你
当你说出那句话时
裂痕出现了

错过的,都是爱得不够的
都不是最合适的
我奋力找到理由原谅了你
但你的人品也飘起了疑云

随着时间更深地推移

我才理解了你
打小的情谊
你总把我们认为是一体

人生如梦

把雨和噪声
关在窗外
但没有什么能阻止梦
梦中一个叫琴的初中女同学
出家了
我有些慌张,不知道
是不是真的
她那么热爱世俗生活
七年前还在张罗同学会
把多年未见的同学
一网打尽

醒来,雨还在下
没完没了的秋雨
而我,到底想过
怎样的人生?

洗秋

立秋那天的黄昏
母亲都要把一直学不会游泳的我
拎起来　放进屋后的河里
如放进自家的澡盆那样
泡一下
美其名曰"洗秋"

初秋的夜晚从来不太黑
恍惚映着童年的亮光
白云躺在幽艳的蓝色天空上
飘着飘着就睡着了
星星又大又亮　却只有
月亮能落进河心里
坐在河边的凉板上
妈妈教我唱：
"月亮在白莲花般的云朵里穿行……"

改变

小学五年级
重新见到我思念了两年的
外婆
她竟然如此矮小
吓了我一跳

闷头读书写作
回头再看十年前,一些我记忆中
写得太好的书
一些我仰慕的人
也都不是当初以为的那样高大

时间和经历改变着一切
高度、位置、感受和看法

童年的恐惧

第一次出远门的小地方的我们,带着
唯一的灰色旅行提包
满脸的灰尘与疲惫
走在重庆解放路纪念碑前
长长长长的长街上
脚都走出了水泡
五岁的我,忍着痛紧跟着
节俭的母亲,大方地花两毛钱
买了盆热水,洗脸洗手
最后偷偷把我肿胀的小脚
迅速放进去,泡了泡

母亲刚喊一声
我就从旅店清晨的梦中醒来
惊恐地翻身坐起

生怕母亲会像她说的那样
如果我不紧跟上,她就不等我了
她自己坐上火车去贵州找爸爸

童年,是被宠爱且懵懂的时光
也是人生中最软弱的时期
总是心怀恐惧
生怕被抛弃

我就这样离开了故乡

我的爸爸到贵州深山里的军工厂
干活去了
妈妈在四川的供销社开发票
小弟弟在竹摇篮里
啃手啃脚
我在堂屋,摇着摇篮
一只狸花猫在睡觉

阳光明暗不定
河水从屋后静静流过
青石板的街道,冒着白气
隔壁的冯四哥
教我叠纸飞机
甘五妹带着她的杏仁
和我抓子儿

还有其他的小伙伴,也都
一路路地
迈进我家常年敞开的大门

我就这样带着小弟弟
等妈妈回家
爸爸一年才能回来一次
带回蛋黄饼干、孩儿酥、花皮球、小飞机
漂亮的衣裳和父爱
我不知道,两年后
我们都要离开
去想都没有想过的北方
定居

八月的早晨

八月的早晨

天刚醒来

在翠竹和胭脂花花香里

古镇宁静安详

弯月形的青石板街上空无一人

帆布书包里　是一包泥土

和仅有的两本小书

我们从镇头挤上　一天最多一趟的

破旧的长途汽车

忐忑地驶上离开家乡的道路

屋后的河水还在河道里狂奔

我的心还没从睡梦中跳出来

就这样迷迷糊糊被父母

突然带离了故乡

童年在八月早晨的天光里

凝固了　像琥珀一样

沉睡于时间之外

北方的梦中莫名忧伤

七　宋朝的月亮

动笔

湿漉漉的深秋

忙里偷闲

也要动动笔

禁果

柠檬花开在黎明

一床的春天

结出它的禁果

给全世界看

秋天的上午

秋天的上午

一只猫

坐在自己的影子上

晒太阳

手机

寂寞加深了黑夜的黑

歌声顺着风和花香飘

忘记带手机的路

变得漫长

修行

几个居士

坐在寺庙后花园

大声高谈佛法

喝禅茶

月亮

竹篮捞不起河里的月亮

一瓢水却能把月亮带回家

虚情假意的心

又怎么映得出真情

宋朝的月亮

宋朝的月亮

阴柔华美

但我还是会想

唐朝的是不是更好一些呢?

天籁之音

人声

和鸟叫一样

也是天籁之音

前提是像鸟语一样听不懂

灵感

华盖已经打开

灵光照亮那些要死不活的句子

好狗不挡道

好狗不挡道

有两只狗

就偏偏喜欢卧在大门口
它们肯定不是好狗吗?

心境
天清气朗
万物清明
不知是西安变美了
还是我的心境变了

爱情
牡丹花也会憔悴
因为她的心里有了另外一朵花

桃花美人
桃花树下桃花脸
最奢华的春天

杏花茶屋

漫步花雨

江南美女的茶屋隐约可见

伴着树上的杏花喝茶

这朴素到极致的奢华

春天

窗台上

樱花飘落茶盏里

一杯春天

春心

道人的心乱没乱不知道

罗刹女的心已经慌了

阳光催人眠

太阳出来了

那些黑夜里玩耍的人

被阳光催促睡去

偏爱

看到了你别人看不懂的魅力
我就拥有了你

偏见

我们自以为的客观
不是优点
不是缺点
是偏见

饭局

在酒桌上辉煌的人生
加速堕落
却不自知

重生

得到真爱的女子
就像获得了一次重生

享誉世界的花

凡·高的花

莫奈的花

欧姬芙的花

激情荡漾地开在人心上

猫

猫即使再小

也是个猎手

悲伤

梦里狂风骤雨

打湿了水仙花

爱情来了

云在天上轻飘

爱在深水静流

其实你什么都知道

花苞

冬天的树在寒风中

孕育下一个开花的春天

早春

路边的积雪尚未消融

春天的气息暗潮汹涌

一个冷艳的早春

一期一会

怀着一期一会的心

和你过每一天

醇厚

《红楼梦》　茅台酒　书法

中年后才能真正享受

爱

只要想到你小时候的纯真

所有的一切都能被原谅

只要想到相遇时心里的惊喜

怨气转瞬消失

猫和女人

美女的脚边

总有一只猫

猫和女人

有什么关系呢?

成精

猫在门口说:

"你家有小鱼干吗?

再顺便问一下

你家要猫吗?"

现在的动物

越来越像人了

感受

晚上八点

走在积雪的路上

我喜欢的关于雪的诗句

却一句也想不起来

乌篷船

木心美术馆的落地窗外

雨下个不停

鲁迅笔下的乌篷船在烟雨江南的水中

吱吱嘎嘎

绍兴

我一个绍兴人也不认识

但我又认识很多

祥林嫂、豆腐西施、孔乙己、阿 Q

还有月光下刺猹的少年

音乐

音乐也是兴奋剂

让每个跳舞的人轻盈得

发飘

伤口

生命

不是从伤口流走

收缩弱小下去

就是以伤口为突破口

突破原有的极限

成长得更大更强

腐烂还是绚烂

伤痛太多

都是裂痕

一颗千疮百孔的心

不是死去就是重生

不是腐烂就是绚烂

命名

秦岭、巴山、重庆、贵阳、泸州
内华达山、洛杉矶、好莱坞、温哥华……
都是人在命名
动物从来不知道
它们不需要护照
想去哪儿
跑去就是了

通天塔

让人类分裂的
不是巴别塔
不是语言
而是人的分别心

桃花树

桃花树下
都是有情人

爱不是占有

想着你

感受你

看见你

理解你的时候

已经拥有了你

思念

睡在一张床上还想你

身在故乡也会怀乡

花不再来

春天走了,会再来

花儿谢了,会再开

但是今春的这一朵

永远不会再回来

就像曾经爱过的她

网红

整成你们想要的样子

以便活成自己想要的样子

秋波

在女人的秋波里荡漾

还是被秋波吞没

火龙果

火龙果的颜色

红得梦幻

相看两生倦

漫山遍野盛开的樱花

一路看下来

也会倦的

到底是樱花倦还是人倦

是厌倦还是疲倦?

秋雨

狂野的云

佛前的猫

下雨了

雨滴打湿红尘

记忆

时间被文字扣留在日记本上

以及记忆里

糜烂

萎谢前的花朵

看上去最华丽

醉生梦死的人

离落魄不远

纸醉金迷的时代

即将落幕

融入

当他们融为一体的时候

多重的身体

也压不垮另一个娇小的身体

再艰难的生活

当完全融入的时候

艰难还在

却感觉不到了

种下一棵柠檬树

哪怕明天就要死去

今天我也要种下一棵柠檬树

后记

"一个诗人,写作的种子先他而在地深埋在他的天分和天命里,种子什么时候萌发,冥冥之中自有定数,富贵和贫贱都不能磨灭它。"十几年前,写过一本未能出版的诗集后,我似乎就把诗歌彻底忘记了。

直到 2017 年夏天,我突然感受到某种激情,馥郁芬芳的热风,吹开我的每一个细胞,美在膨胀、在挥发,诗句在胸中鼓荡。那些明亮的光影、花影、树影、人影,本身就是一行行美的诗句。我立即坐在浓郁的树荫下,记下心中涌动的句子,抑或记下清晨从潜意识打捞上来的词语。

我就这样断断续续无意识地记着,直到 2018 年夏天,与仓央嘉措的诗歌相遇,他的诗歌,谈论爱情、生死和佛法,简洁有力、香艳深刻,就像遇到等待多年的梦中情人,令人惊喜。之后,我的写作也回归到了诗歌创作上来。

　　三个夏天下来，积攒了二三百首诗，我从中选取一半左右，又从多年前那本未出版的诗集里选出几首，加上一些有意思的短诗，结集成书。

　　写诗，让我拂去现实粗糙的尘埃，回到初心，忆起忘却的温情与美好、逝去的黎明和黄昏、越来越远的童年和故乡、曾经的纯真与感动，以及以前在生活中常常视而不见的诗意。

　　世界明亮，因为有爱。要感谢的人太多，真诚地感谢我的父母，感谢他们一直以来无声的爱，感谢身边支持我关心我的朋友，也感谢审改此书的编辑们。

　　正是爱与温暖，帮我抵抗生活粗暴，感受世界的美好。

　　　　　　　　　　2019年11月8日于桃花铺